푸른사상
시선

72

고래는 왜 강에서 죽었을까

제 리 안 시집

푸른사상
PRUNSASANG

푸른사상 시선 72

고래는 왜 강에서 죽었을까

인쇄 · 2016년 12월 20일 | 발행 · 2016년 12월 25일

지은이 · 제리안
펴낸이 · 한봉숙
펴낸곳 · 푸른사상사
주간 · 맹문재 | 편집 · 지순이 | 교정 · 김수란

등록 · 1999년 7월 8일 제2−2876호
주소 · 경기도 파주시 회동길 337−16(서패동 470−6) 푸른사상사
　　　서울시 중구 을지로 148 중앙데코플라자 803호
대표전화 · 031) 955−9111(2) | 팩시밀리 · 031) 955−9114
이메일 · prun21c@hanmail.net / prunsasang@naver.com
홈페이지 · http://www.prun21c.com

ⓒ 제리안, 2016

ISBN 979−11−308−1066−9　04810
ISBN 978−89−5640−765−4　04810 (세트)

값 8,800원

고래는 왜 강에서 죽었을까

내 안에서 너무 오랫동안 떨어왔던

순한 짐승을 위해 따스한 집을 지어주고 싶었습니다.

2016년 12월
제리안

| 차례 |

■ 시인의 말

제1부

제2부

제3부

제4부

제1부

마흔 번째 벽화

　소년이 벽화를 그리기 시작한 건 오래전부터였다. 소년은 일 년에 한 번씩 그림을 그렸는데 그때마다 이사를 갔으므로 매번 새로운 벽화를 그려야 했다. 벽화의 주제는 언제나 '문'이었고 마흔 번째 벽화를 그리는 동안 바뀐 적이 없었다. 하지만 그리면 그릴수록 문이 점점 작아짐을 느꼈다. 마흔 번째 벽화는 수납장 문만큼 작았지만, 스무 번째 벽화는 제법 괜찮았다.

　사방의 벽 어딜 둘러보아도 커다란 문 얼마든지 열고 닫을 수도 있었다. 세인트킬다 해변을 느린 걸음으로 걷는 야자수의 푸른 머리칼이 바닷바람에 흔들리는 금빛 오후 소년은 찌르레기의 노래에 맞춰 기타를 쳤다. 벽화가 거의 말라갈 무렵, 수화기 속에서 엄마가 울기 시작했다. 아버지의 명(命)이 기타 줄처럼 끊어진 후였다. 소년은 벽화 앞에서 한참을 서 있다가 그림을 지우기 시작했다. 눈물로 번진 문은 다신, 열리지 않았다. 소년은 마흔 번째 벽화를 그리다 말고 잠시 생각하다, 단단히 붓을 잡고 네모난 문 가득하게 십자가를 그려 넣는다. 십자가를 그려 넣는다.

결별하기 좋은 무렵의

빙설로 덮인 고산지대에서
마젤란 해협까지 뿌리를 내린다는
선인장과 친해지려면
물기와 결별하는 법을 배워야 한다
섭씨 40도의 눈빛으로
북위 56도에서 남위 54도의 간극을 넘는 동안
지상에 떨어지는 물방울로 목을 축이며
금이 오르는 표피 안에서 혀를 깨물었을
그 시간들을 나는 모른다
다만, 모래바람처럼 몇 번쯤 일어났을
외로움에 관해서라면 할 말이 있다
물기와 결별해본 적 없는 나의 뿌리는
심해의 방향으로만 자란다
하여, 이따금 해초처럼 흔들리고
베개는 밤마다 습기를 머금는다
비가 오면 사막도 울음을 터뜨린다지
우기는 물기와 결별하기 좋은 무렵이다

눈물을 뿌리째 쏟아내고 나면

내 인생에도 건기가 찾아올까

수척한 얼굴로 뿌리를 움켜쥔 사람에겐

물 한 모금이면 충분하다

자, 그럼 물기와 결별한 이후에 대해 이야기해보자

내 식탁 위의 양 떼들

식탁 모서리로 양 떼가 몰려든다 시큼한 풀을 뜯으며

도둑맞은 구름 모자는 어디에서 찾지,

덥수룩한 눈동자는 끊어진 길을 끌어모아 냄새를 추적한다

훅, 콧속을 파고드는 매캐한 연기

붉은 바위 옆을 지날 무렵 양 떼는

까만 털이 자라는 꿈을 꾸었다

잠의 내부가 점점 뜨거워지고 타닥, 타닥

환생의 문이 열리는 담백한 소리

먼저 달려간 한 마리가 구름 모자를 쓰고

경중경중 뛰어오르면 봄에 태어난 양은

온기가 밴 내장을 꺼내 꽃샘추위를 잊어본다

연한 핏줄기가 식탁의 꼭짓점을

느릿느릿 찾아가는 저녁나절

내가 바코드가 찍힌 유목민의 살점에 관해 쓰고 있을 때

날카롭게 파인 밑줄에서 문득, 누린내가 풍긴다

누구에게도 길들여진 적 없는 날것의 증거

소금과 후추로 행간을 채우고 나면 고원에서 별을 바라보던

눈빛들이 줄지어 따라온다 서늘한 눈발, 날리겠다

레드 베타

너의 입술이 동심원을 그리기 시작한다
이별이란 발음을 중얼거리는 너의 입속은
변기처럼 암담하고 이따금 소용돌이친다
캄캄한 변명을 나열하느라 다 써버린 우리의 밤
지루함을 달래기 위해 짭조름한 눈물을 씹어 먹었다
눈물의 안쪽은 무슨 맛이지,
눈꺼풀을 열어젖히는 순간 물 비린내가 올라오고

3분의 1의 여름이 끝나고 있었다

너의 입술이 서서히 지워지기 시작한다
안녕이라고 말하는 너의 입속은
작은 어항처럼 시시하다
네가 키우는 물고기의 이름은 모르지만
풍성한 꼬리지느러미가 물살을 가를 때마다
투우사가 흔드는 카포테의 선혈이 아른거려

3분의 2의 연애가 허물어진다

어느 한 마리가 죽을 때까지 싸우는 물고기
번식을 할 때만 서로를 용인하는 황홀한 관계는
어항 속의 암묵을 빨아들인다 결국 누가 살아남을까
넌 시들어버린 혀를 입술 위에 남겨둔 채
지느러미를 뜯어 먹고 자란 지느러미를 활짝 펼치며
변기 구멍 안으로 힘차게 헤엄친다

네가 키우는 물고기의 이름은 여전히 모르지만
내 안에 너무 오래 숨어 있다

명랑하게 위대하게

양팔이 없이 태어난 화가를 알고 있어
'작은보호탑해파리'라는 작가명으로 데뷔한 이래
물빛으로 새벽의 어스름을 덧칠하고
한 겹 더 어두워지는 채색법만 고수해온 그는
몇 번의 죽음을 경험한 뒤로 화풍을 바꾸었지
팔은 아니지만 이번 생엔 촉수를 얻었으므로,
어느 정도 통증의 농도를 조절할 수 있게 되었어
발밑으로 그늘이 몰려드는 날이면
좀 더 따스한 색감을 찾아 수면 아래를 기웃거렸는데
한번은 시간의 소실점에 휩쓸려
먼 백사장까지 끌려간 적도 있었다고 해
목숨과 맞닿은 정점에 음영이 드리워지면
캄캄한 물소리가 들린다고 했지 그건,
이번 생이 만료되었음을 알리는 징후
그는 미완의 작품에 자필 사인을 휘갈긴다
명랑하게, 위대하게
몸처럼 지니고 다니는 우산을 거꾸로 펼친

그의 눈이 사그라지고 있어

물결을 다루던 촉수가 몸 안으로 흡수되며

바깥과 안이 바뀌는 기이한 죽음이 가리킨 곳엔

전력으로 영원의 사이클을 그려온 화가의

부활을 지켜보는 경외의 눈동자가 일렁이고 있었지

다음 생의 그림이 궁금해서 견딜 수 없었던 거야

푸앵카레의 도넛을 먹다*

동그라미만 있고 아무것도 없는
시간 속으로 햇물이 드나든다
한 입 베어 물었을 뿐인데,
원을 둘러싼 점들이
슬쩍 서로의 손을 놓아버리고
경계에 매달린 선들은 입안에서만 맴도는
고백처럼 시작을 말하지 못한다

도넛을 먹는 날의 오후에는
하얀 빗금이 그어진 건널목과
돌아오지 않는 안부 인사를
모르는 척 구부려
하나의 점으로 만들고 싶다

점점 어둑해지는 외계,
창문에 반사된 눈동자가
지구의 반지름만큼 밀려난다

마을버스가 커다란 곡선을 그리며

방향을 바꿨을 때 기울어진 몸은

잃어버린 중심을 찾아 되돌아오는 중

규칙적으로 흔들리는 도넛을 먹으면

나는 몇 초 동안 우주가 된다.

* 푸앵카레의 추측 : 3차원에서 두 물체가 특정 성질을 공유하면 두
  물체는 같은 것'이라는 이론으로 수학의 난문제 가운데 하나이다.

사과의 미스터리

사과는 오로지 접시를 위해 존재합니다

그런 게 아니고서야 이해할 수 없는 일입니다

썩은 사과를 버린 다음 날도 엄마는

똑같은 접시에 여덟 조각의 사과를 담았습니다

오래 살던 동네를 떠나 새집으로 이사 간 날도

종이 박스로 위장한 사과는 잠입에 성공했습니다

손님이 올 때마다 가장 먼저 등장하는 것도 사과입니다

사과가 백설공주의 전유물이라

믿었던 시절도 있었습니다만

마녀로 변장한 왕비가 건넨 독사과보다 끔찍한 건

설거지를 하고 나서도 떨어질 줄 모르는 사과씨입니다

접시는 사과가 자라는 지루한 시간 속에서

허기를 참지 못합니다

내일이면 또 다른 사과를 탐닉할 것입니다

탐닉은 새빨간 유혹의 목덜미를 물어

달콤한 즙을 빨아들일 테지요,

접시는 벌써부터 군침을 흘립니다

나는 접시를 오래 문지릅니다 그러는 사이

사과가 없는 세상을 상상해봅니다

어디에도 접시가 보이지 않습니다

믿어주세요, 사과는 오로지 접시를 위해 존재합니다

정오의 그루밍

너는 한 번도 달아나려 한 적 없지
5층 창문에서 내려다보는 아파트 전경
경비 초소를 빠져나가는 차의 후미등에
관심을 갖는 꼬리는 물음표였다, 느낌표였다
창문에 묻힌 발자국을 보며 너는
완벽한 곡선에 심취하여 그르릉 그르릉
정오의 공기를 앞발로 찍어 먹는 우아한 취향,
너의 발바닥에선 언제나 젤리 맛이 난다
베란다에 숨겨놓은 식물원을 맨발로 산책하는 넌
사계절 동안 떨어지지 않는 나뭇잎에 얼굴을 비비고
기다란 수염으로 나무의 나이를 짐작만 할 뿐
쫑긋 세운 귀가 원하는 건 나른한 하프의 선율
까칠한 혀로 고등어 무늬의 몸통을 손질하고 나면
콧등에 묵직하게 내려앉는 졸음
너는 한시도 머무르려 한 적 없지
빙글빙글 같은 자리 몇 바퀴를 돌다가
햇살이 비추는 정확한 각도를 찾아낸다

바닥에 옆구리를 밀착시키고 발효를 기다리면
숨을 쉴 때마다 푹신하게 부풀어 오르는 반죽
너는 둥글게 몸을 말고 식빵을 굽기 시작한다
나는 노릇하게 구워질 너를 기다린다

하나의 과반수

나는 가끔 내가 되는 망상에 사로잡힌다
한없이 우묵해지는 시공간에
고장 난 우산처럼 활짝 펼쳐져
삶의 습도를 정정하기로
빗소리에 매몰된 진실 같은 건
나의 계약과는 상관없는 일
계절의 시작과 끝을 모조리 찍고 돌아와도
연봉은 액자처럼 그 자리에 걸려 있다

버스에서 내린 줄 알았던 여자가 옆자리에 앉아 있다
똑같은 얼굴의 다른 여자가 다시금 올라탄다
버스를 점거한 하나의 과반수
서로의 복제를 눈감아주는 너그러운 세상에서
나의 망상은 구원받지 못한다

산다는 건 곧 사라질 거란 티저 광고
어차피 세계의 본질은 공기이므로[*]

공기의 부피가 줄어들면 바람이 된다는 말을 믿어봐

바람은 물과 땅이 되고 부풀어 오른 온기가 빚어낸

인류라는 하나의 사태,

존재자 없이 존재하는 최악의 사태에서

나의 목표는 아무쪼록

과반수의 하나로 살아남는 것

* 그리스 고대 철학자 아낙시메네스의 주장.

모든 여자는 결혼할까요?

사랑은 어째서 발열로 시작했다가 오한으로 끝나는 걸까요?[*] 관념적인 여자와 관능적인 남자가 머물렀던 궁전 모텔 404호의 열쇠를 빌리려면 조금의 용기와 두 알의 감기약이 필요하죠. 나는 침대에 누워 그들의 환영과 간략한 만남을 갖기로 해요. 순박한 외설에 매료되는 건 어렵지 않아요. 나는 파르테논 신전으로 갑니다.

그곳엔 네 명의 처녀가 아테나 여신에게 바치는 페플로스를 짜는 방이 있지요. 말수 적은 이브들은 어제 죽은 염소의 가죽을 벗겨내어 우아한 흉갑을 만들었어요. 고통보다 우아한 감정이 신전에 존재할 리 없어요. 아테나는 메두사의 머리로 장식된 방패를 들고 왕관보다 황홀한 투구를 쓰고 있죠. 처녀의 신전은 그래서 아름답습니다. 나는 죽음처럼 하얀 흉갑을 입고 처녀가 되었습니다.

행복한 감정에서는 슬픈 맛이 난다는 걸 처녀들은 알고 있습니다. 하여 우린 꿀 한 스푼과 독한 술을 마시고 서로의 머리를 빗겨줍니다. 벌거벗어도 음란하지 않은 까닭입니다. 지렁이처럼 반복되고 새처럼 변형되고 이따금 기둥처럼 병립되는 과정을 거치고 나면 끝내 우리는 가장 완벽한 식물이 될 것입니다.

* 리히텐베르크의 결혼에 대한 명언 인용.

난감한 실화

한밤중 깨어나 오줌을 눌 때면 팬티 안에서 흘레를 마친 밀어들이 나른하게 흘러나온다. 식어버린 아랫배를 쓰다듬으면 스르륵 눈감아버리는 고독의 야경 어떤 날은 네가 그립다가도 버리거나 버려진 것들에선 왜 눅눅한 냄새가 나는지 우리의 이름이 오늘은 습하다.

습한 날이면 달팽이 한 마리 저 혼자 짝짓기를 한다. 외로워서 외롭지 않을 때까지 *끈끈한* 흔적을 남기며 쓸, 쓸, 내 오래된 풀숲에 가만히 손을 넣으면 정체성 잃은 연애에 몰두하는 달팽이의 사생활이 질펀하다. 두 개의 생식기를 만드는 난감한 실화, 반 토막뿐인 사랑은 싫었을 테지만 짝수의 환영들이 살다 간 찰나의 기억으로 홀수의 추운 성질을 버텨온 거겠지만.

젖은 것들끼리 모여 짝짓기를 하는 풀숲에는 돌연, 변이(變異)를 탐닉하는 몹쓸 감정들이 무성하다. 짝짓기를 끝내고 알을 낳기 위해 기웃거리는 젖은 것들이 눈가로 모여든다. 아

무에게도 들키지 않고 달팽이를 키우는 '혼자'라는 직업. 달
팽이처럼 사랑한 지 오래다.

손목의 터널

손등에 앉아 내려다본 풍경은 난해하다
어떤 울음이 골목을 갉아먹기 시작했을 무렵
고양이의 한쪽 눈알이 사라졌다
그리고 사라지는 것들을 바라보는 시간은
척추가 부러진 기억의 음부를 더듬는 일 같아서
오늘은 열이 나고 나는 내 이름을 쓰지 못한다
부풀어 오른 손등, 통증은 각설하고
낯선 지문의 힘이 손목을 비틀 때면
머리통에 빨대를 꽂은 코코넛처럼 우스워졌다
서투른 주방 보조가 닦은 접시처럼
얼룩진 조바심이 달의 무늬로 드러나는 밤
사라지는 것은 아무것도 없어 난처하다
불온한 풍경을 딱 통점만큼만 오려내고 싶은,
한쪽 눈알을 잃은 고양이가 나를 따라왔을 때
커다란 물방울을 나눠 먹고 싶었다
천장의 목젖에서 캄캄한 발소리가 욱신거리고
손목의 터널 앞에서 나는 한 걸음 밀려난다

길고 하얀 가운을 입은 의사는 내게 흥미가 있다

슬며시 나의 일 없는 손가락을 어루만지는 동안

난 폐광 앞에서 돌아서는 광부의 표정으로

그의 연민 어린 입술을 복기한다

손목의 터널은 잔인한 구조와 농담으로 점철되어

눈이 침침한 나는 자꾸만 눈알을 닦아낸다

빡빡한 눈알에 성냥불을 긋는 상상을 하며

침울한 터널을 질주하는 백야가 되는 건 어떨까 하고

저수지 미용실

저수지에 잠든 해캄의 머리칼이

한 움큼의 물빛으로 반짝이는 오후

온종일 물속에 누워 머리를 감는

그녀가 깨어나지 않는 그곳

물속으로 자박자박 걸어 들어가

그녀의 푸른 머리칼을 가만히 건져본다

손가락 사이로 빠져나가는

감아도 감아도 푸른 머리칼,

물줄기가 뻐근해 비스듬히 돌아누우면

물고기들은 그녀의 긴 머리칼을 숱 치듯 잘라 먹는다

기억은 자라날수록 독성을 품는다지

머리카락이 몸인 그녀는 버틸 수 없었을 테지

바람이 거품이 이는 머릴 빗기는 동안

그녀는 누군가 자신의 깊이만큼만 닿아주길 바라며

내면의 수위를 조절하고 있진 않았을까

끝내 전하지 못한 주저흔(躊躇痕)의 문장들은

깊은 잠처럼 흐려지는가 싶더니

저수지의 바깥으로 서서히 번지고 있다
저녁별이 차랑차랑 오후의 폐점을 알린다.

휴지라는 화석에 관한 보고서

1

휴지는 지구상에 남아 있는 가장 부드러운 화석이다. 접을 수도 있고, 구길 수도 있는 유동적인 구조를 지니고 있다. 종류에 따라 길이의 편차가 있긴 하지만 내가 발견한 화석은 70m 두루마리 형태의 것으로 표면엔 오목볼록한 모양이 돋을새김의 패턴으로 이어져 있다. 오름각을 자세히 살펴보면 나무의 각질이 보인다.

2

각질은 때론 먼지를 유발한다. 오래전 열과 압력으로 인해 소멸된 것으로 추정되는 피부 세포가 공기와 닿으면서 기체에 가까운 입자로 생성되는 나무의 순환법이라는 가설을 세워본다. 나무의 미로라는 추측도 가능하다. 미로는 출구가 없고 현기증을 유발하는 원형의 실험실 같은 것이어서 나무는 자신의 화석을 알아보지 못하는 악몽을 되풀이한다.

3

화석은 동시에 연민이라는 감정을 일으킨다. 내가 아는 연민은 친부에 의해 살해된 존재하지 않는 고아들의 무덤. 무덤 속 고아들은 대체로 기억이 표백된 채 다시 나무의 화석으로 재생된다. 가장 흔한 연민은, 무엇과의 결별이다. 외부 혹은 내부에 의해 어떤 감정이 해빙되기 시작한 후로 지구의 반은 수소 2와 산소 1의 화합물이 되었다. 일찍이 외롭거나 젖은 것들을 닦아온 내력이 있는 휴지는 화석으로서의 생존 방식을 잘 알고 있다.

자, 호른

　보헤미아 숲에 한 발의 총성이 울렸어. 시끌벅적한 군중들이 숲 속의 한 선술집 앞 빈터를 에워싸고 있었지. 어느 농부의 소총이 불을 뿜고, 표적으로 놓인 마지막 별 조각이 바닥으로 떨어졌어. 모두가 왈츠를 추며 휘청이던 밤. 영혼을 팔기 위해 늑대 골짜기를 헤매고 있는 남자가 있다는 건 아무도 몰랐을 거야. 하얀 비둘기가 되는 꿈을 꾼 여자도 있었어. 멈춰버린 물레 옆 책상 위에는 불 켜진 램프와 초록색 리본이 달린 흰 옷이 놓여 있었지.

　시커먼 침엽수 가지 위에 커다란 부엉이 한 마리가 번쩍이는 눈알을 굴리며 앉아 있고. 남자는 불길한 예감으로 날카롭게 입을 벌리고 있는 협곡을 내려다보았어. 남자는 운명을 믿기엔 다급했고 신의 영역에 대해서는 조금도 알지 못했지. 초월적인 힘이라든가, 변화 같은 걸 알았다면 적막을 두려워하지 않았을 텐데. 초원과 방목지의 짐승들, 산들바람을 타고 노니는 독수리를 명중시키는 건 그가 부여받은 삶의 방식. 몸을 구부리는 방법을 배우지 못한 건 그의 잘못이 아니야.

사냥대회가 시작될 무렵 공허한 두려움을 껴입고 일곱 개의 탄환을 장전하고 있던 아마 그때였을 거야, 그의 귓가에 강철이 내는 따스한 소란이 들려왔지. 이처럼 직관적인 음색은 처음이었어. 여인의 풍성한 치마 속처럼 은밀하고 웅장한. 육감적인 미로에서 흘러나오는 소리에 취해 있는 사이 마지막 탄환은 날아가고 있었지. 승리를 기뻐하는 사냥꾼의 합창이 숲 속에 울려 퍼질 때 어째선지 하얀 비둘기가 되는 꿈을 꾼 여자는 창백해 보였어. 그러고 보면 모든 일의 시작은 바로 소리, 그 소리 때문이었어.

제2부

빵 속의 방이 울 때

빵을 한 입, 베어 물 때였어
난 무심코 방을 허물고 말았지
입술에 들러붙은 파편들이
소르륵 바닥에 떨어지자,
절반쯤 무너진 방의 내부가 드러났어
쌓아올린 낟가리의 그림자에 누운
먼 땅의 농부들은 느슨하게 잠이 들고
지친 이마에 땀이 식어갈 즘
고요한 발광이 들판을 두르고 있어
정오의 휴식*에 취한 농부들은
오랫동안 노란색에 중독된 채
호박벌처럼 검은 가슴을 헐떡였지
등자빛 물감이 론 강의 물결을 헤는
그가 울던 별밤, 난 무심코
그의 방을 허물고 말았지

* 빈센트 반 고흐의 밀레 모작.

피리 여인—입술 위의 음률들

쇠피리로 살다 간 여인이 있었어
후두암 수술로 목소리를 잃은 대신
여생의 호흡을 얻었지 새벽 공기가
서늘하게 숨을 끌어당길 때면
여인은 살에 파인 구멍을 짚어보았어

자기 목소리가 기억나지 않는 날엔
이따금 크게 입을 벌려보기도 했지만
입천장에 부딪히는 쇳소리만이
굵어 죽은 바람처럼 울대를 관통했었지

목에 뚫린 구멍을 짚었다 떼었다
운지법을 스스로 익히는 동안
흐지부지 몇 차례 꽃이 지고
어느덧 능숙하게 피리를 불게 된 여인은
예고도 없이 청중을 불러모았지

휘리리리, 휘리리리

온몸으로 피리를 불던 여인은

준비한 연주를 끝내고 나서야 비로소

시린 잇몸을 식은 입술로 덮어주었어

피리 소리는 이제 들리지 않는데

생의 음률은 여인의 입술을 떠날 줄 모르고

모여든 청중도 그렇게 떠날 줄을 모르고.

라일락 나무가 있던 집

거기, 라일락 나무가 없었더라면
미묘한 각도로 기울어지며 봄마다
꽃내음을 조금씩 흘려보내지 않았다면

나는 그 시간들을 무어라 명명(命名)했을까

담벼락 밑에서 몰래 담배를 피우거나,
엄마 지갑에서 천 원짜리 몇 장을 빼내거나
월담을 하다 복숭아뼈에 툭, 금이 가거나
빨간 테이프를 보기 위해 일몰에 눈 감아버렸던
그런 날들을 유년이라 불러도 좋은 건지

작은 꽃이 모여 하나의 이름을 갖게 된
유약한 공동체를 떠올리면
분홍, 보라 이런 빛깔에서 퍼져 나오는
향기의 정체를 어렴풋이 알 것도 같아
언제였더라, 어룽어룽 흔들리던

라일락 나무가 내게 가르쳐준 기술이 있다면

유년을 유니언이라 읽을 수 있게 된 일

혼자이고 싶다가 혼자이기 싫다가

그 중간 어디쯤부터 환해지는

저기, 라일락 나무 좀 봐!

하이하오*

중국 식품 상점 앞을 지나는 이국적인 배경엔
낯익은 제목의 정물화가 걸려 있다.
허름한 탁자 위에 놓인 몇 대의 전화기를 돌려쓰며
하이하오, 하이하오—
자음이 떨어져 나간 간판처럼
괜찮다는 말밖에 할 줄 모르는 족속,
이 세상 모든 아버지의 국적은 가족이다.
국적을 뒤로한 아버지의 기질,
그 안에 내재한 역마살이 스스로도 낯설어
지도에서 자신이 사라지는 꿈을 꾸는지 누가 아는가,
불안한 듯 전화길 집어 드는 이방인들은
붉은 언어로 그린 정물화가 되어
하이하오, 하이하오—
이쯤에서 아버지는 차라리 짐승이다
울고 싶을 때마다 등뼈 어디쯤 눈물을 모아두는
내장을 가진 짐승만이 아버지란 이름을 갖게 된 건지도.
요즘 들어 내가 기르던 짐승의 등이 부쩍 작아졌다

피막의 육즙이 빠져나간 그들만이 낼 줄 아는 울음이
발원 잃은 전설처럼 귓속을 파고드는 저녁,
자신의 마음속으로조차 숨을 곳 없는 등이 시린 짐승들의
뜨거운 온도를 가만히 꺼내주고 싶은 날이 있다.

* 중국어로 괜찮다, 지낼만하다는 뜻 (주로 대답에 쓰임)

엽서를 요리하는 시간

몇 년째 태평양을 건너고 있는
삼촌에게서 엽서가 왔다
종이 엽서 대신 보내온
참치의 아가미 틈으로
아득한 숨소리가 배어 있다
깡깡 얼은 엽서가 녹기를
기다리는 시간만큼은
아가미가 생선의 귀라고 믿는다

육지에서 오히려 멀미가 난다던
삼촌의 등은 조금 파래졌을까
어디쯤 닻을 내리고
지평선을 바라보는 눈빛을 쥐라고 믿거나
등대의 불빛을 끌어 모아
손바닥만 한 따스함을 바다로 돌려보내며
모르는 척 물기를 털고 있는 건 아닌지

토막 난 아가미를 씻을 때
기억의 부력으로 떠오른 아가미는
풍성한 부챗살을 펼치며
잃어버린 지느러미를 만나러 가는 길
돌아올 땐, 삼촌의 입도 가져왔으면
냄비 속 붉은 양념이 졸아들기 전에
조금, 서둘러 온다면.

종말의 속도*

둥근 빗이 한 여자의 배경을 훑고 지난다
허리까지 늘어진 고독을 빗는 그녀의
손가락 사이로 창백한 얼굴을 내미는 낮달
어깨를 타고 흰 머리카락이 떨어진다

흑백으로만 빛나는 모음들이 쏟아지는 풍경엔
젖은 부리로 날아가는 새 떼가 술렁이던 난간이
이 나간 접시 위로 후드득 떨어지는 녹슨 각질이
가끔씩 추위를 느끼는 텅 빈 화분이,
끝내 울어도 상관없다는 듯이

무릎에 부딪힌 머리카락은 이제
깃털처럼 날아올라 공중의 일부가 된다
그러나 눈부신 착란으로 사라지기 위하여
과거라는 시간을 잠시 빌려 써도 좋다

어느덧 도착한 발목,

복사뼈에 조금 모자라던 눈물이 이내 차오르면

자줏빛 저녁을 찢고 나오는 축축한 모근,

시린 손길이 발등을 통과해 어제로 굴절되고

그녀는 점층법으로 다가오는 아침에 눈 뜨지 않기로 한다.

* 종말 속도 : 낙하물체의 저항과 중력이 균형을 이뤄 가속, 감속이
  없는 상태의 속도

엄마를 고르는 저녁

나는 매일 저녁, 불 꺼진 방으로 소풍을 가요 도시락 가게에 들러 오늘도 삼천오백 원어치의 엄마를 기다려요 가끔 계란 후라이 같은 햇빛도 먹고 싶죠 내일은 사천오백 원어치의 풍만한 엄마랑 소풍 가는 꿈을 꿔봐요 골목 한쪽에선 비둘기한 쌍이 누군가 간밤에 토해낸 시큼한 허구(虛構)를 주워 먹고 있어요 허구를 먹고 자란 비둘기들은 거짓말처럼 날지 못해요 화장(火葬)된 구름의 재가 하늘로 퍼지는 시간 자취방으로 가는 길은 날마다 조금씩 멀어지는 것 같은데 왜일까요, 돈가스는 더 이상 아삭아삭한 소리를 내지 않아요 '엄마'라는 발음이 오늘따라 눅눅해요

엄마 며칠 전엔 머리만 남은 고등어 엄마의 입에서 파리가 태어났어요 엄마는 나 때문에 눈을 감지 못해요 그런데도 옆구리가 벌어지도록 엄마 살만 발라 먹고 살았네요 전깃줄을 움켜쥐고도 감전되지 않는 새들을 바라보는 헛헛한 저녁 소풍을 떠나는 고아들은 허기진 눈빛으로 메뉴판에 적힌 엄마

의 이름을 찾고 있어요 나는 고봉밥 같은 엄마 젖을 배부를

때까지만 만지고 싶어요.

당신의 춤에 들어가

오후의 햇살이 빨랫줄을 들어 올린다
가뿐한 양말들은 대개 머리숱이 적다
뒤통수가 텅 빈 양말의 물기 속으로
등 굽은 보풀들이 현기증처럼 일어날 때
문득 구멍은,
너무 환해서 잠들지 못하는 잠 속이거나
서서히 닳아버린 혼잣말이거나
미처 마르지 않은 적요(寂寥)일지도 모른다
양말의 둥근 상처는 당신을 많이도 닮았다
도무지 머릿속을 알 수 없는 강철 파마로
한 계절을 보내는 삶의 방식이 때론
나의 어금니를 아프게 했다
당신의 벗겨진 발꿈치와 생의 방향으로
밤마다 뾰족해지는 각질들을 모두 데리고
먼 여행을 떠나고 싶은 날
지구 반대편으로 달려가 창문을 활짝 열어두고
반도네온의 선율에 맞춰 탱고를 추었으면

근사한 걸음걸이에 빠져들어 당신을 몰라봤으면

그리하여 당신의 그 축축한 여백을 완독해본다면.

종이 한 장의 무게

종이 한 장의 무게를 이기지 못한 삶이 있다
바람과 함께 골목과 골목 사이를 전전하다
어느 지하도까지 흘러들어 구겨진 채 발견된
종이 한 장이,
남자의 와이셔츠 포켓 안에 접혀져 있으니
와서 펼쳐달라는 전화를 받았다
잠바를 뒤집어 입고 달려가는 아버지 등을
따라간 1998년 겨울 저물녘.
술만 마시던 막내 삼촌이 죽었다
주머니 속 너덜너덜해진 주민등록등본에
남은 건 구겨진 이름뿐
기소중지자였던 삼촌은 언젠가
사람이 죽으면 이름을 남겨야 한다고 말했다
간암이라는 진단서를 추호도 의심해본 적 없기에
오진이었다는 사실이 밝혀진 후에도
종이에 적힌 대로만 살아갔던 이름이 남아 있었다
집으로 돌아가던 먼 길

종이보다 가벼워진 이름을 가슴에 묻은
아버지의 발걸음이 느려졌다
안간힘을 쓰다가 놓쳐버린 희망의 분량,
그 무게를 끝내 이기지 못한 삶이 있다.

독거

그의 밥상엔 오늘도 꽁치 두 마리

꼬리 없는 물고기의 묽은 통증이 가실 때까지만

육중한 슬픔을 배웅하기로

조심스럽게 살점을 떼어내면 물고기 떼처럼

몰려드는 의식 깡통 안에서 자라난 비늘과

뼈 없는 영혼을 떠먹는 끼니마다

한때 출렁이던 기억들이 식탁 위에 번지고

몸통뿐인 물고기가 헤엄치는 거멀 너머

그는 삐걱거리는 마루에 앉아 먼지 냄새 나는 담요를

무릎에 덮고 컵 속의 물을 오랫동안 마신다

휘청거리는 십오 촉 전구 아래 바퀴 빠진 장난감 기차가

늘어진 그림자의 레일 위를 달려가면

금방이라도 초인종이 울릴 것 같아

머리 없는 물고기의 기억이 돌아올 때까지만

부패한 울음은 뱉지 않기로.

살라 드 우유니(Salar de Uyuni)

우유니 사막은 볼리비아와 칠레 사이에 떠 있는 적막의 섬. 적막은 쪼개지지 않는 단위의 울음, 너에게 배운 첫 단어, 안데스 고원에서 불어오는 바람을 나침반 삼아 국경을 넘어 피인(彼人) 같은 너의 말을 나에게 통역해주고 싶다.

나는 영혼이 따라올 시간을 한 번도 내게 준 적 없으므로 내 나이를 궁금해한 적 없다. 다만, 어부의 섬에서 우울한 언어를 낚는 시인이라는 사실을 슬퍼하지 않기로 한다.

해독할 수 없는 낱말 몇 개를 주머니에 넣고 아무리 걸어도 닿을 수 없는 나의 생애로 돌아가는 길, 난발된 메타포가 거친 쉼표처럼 따라붙는다.

바람이 분다

바람이 분다. 한때 구름이었던, 하늘이 갓 낳은 따끈한 알이었던, 태어나지 못하고 공중에 뿌려졌던, 생의 흔적도 없이 흩어졌던, 쉽게 지워지지 않는 죽음의 무늬 같았던, 하늘의 직계 가족이고 싶었던, 그래서 발이 닿지 않는 공중을 부양하며 버텨야 했던, 버틸 만큼 버티다가 맥이 풀려 골목 어귀를 쏘다니던, 가출한 날 첫 끼로 먹은 김밥처럼 차가웠던, 눈 붙이려고 숨어 들어간 어느 건물 계단처럼 다리가 욱신거리던, 그래서 아무 데도 갈 수 없었던, 유랑을 방황으로 읽어야 했던, 그날과 하나도 달라진 게 없는데 나이만 먹고 이딴 걸 시라고 적어야 하는 밤이면 전깃줄에 칭칭 감긴 바람이 우우— 소릴 내며 운다, 듣기고 싶지 않은 내 이력을 바람이 분다.

제3부

크로스워드

가로는 죽음의 횡단보도

거미가 쳐놓은 끈끈한 함정에 걸린 작은 곤충들은

가로를 의심하지 않은 탓에 거미의 제물이 되고 만다

그가 세로로 삶을 서술하는 이유, 내게 있어 가로는 고질병

왼쪽에서 오른쪽으로 쓰는 글씨는

일개미의 출근길보다 지루해

가로로 된 음절들은

줄이 하나뿐인 기타처럼 빈 코드만 짚게 하지

그럼에도 나는 오른손으로 커피를 마시고,

왼손으론 책장을 넘기거나

왼손으로 스마트폰을 들고 오른손으로 방문을 연다

내 생의 거리는 고작 오른손과 왼손의 간격 오늘 밤에도

거미는 세로로 걷고 가로의 괄호 안에 갇힌 나는

끊어진 거미줄 사이에 채워 넣을 낱말을 고른다

죽음의 횡단보도에서 로드킬을 당한 날파리는

내가 풀어야 할 세로 칸의 첫 번째 힌트

고래는 왜 강에서 죽었을까

검은 타일이 모래사장처럼 깔려 있는
욕실에서 옷을 벗는다.
물이끼로 얼룩진 거울 속 검푸른 등
유난히 배만 하얀 나는
자라도, 자라도 언제까지나 너에겐 꼬마 향고래
잃어버린 미끈한 발을 욕조에 담그고
어느새 난 바다에 잠겨 있다. 눈썹 위로 비가 내리고
깊이를 알 수 없는 너에게로 가기 전 숨을 고른다.
어둑어둑 검어지는 천장엔 물병자리
눈물의 수압을 밀어내며 꼬리지느러미를
힘껏 펼치는 이유를 넌 아니,
텔레파시 같은 건 이제 말을 듣지 않아
난 길을 잃고 점점 얕아지는 물길조차
눈치채지 못한 채 믿었던 꼬리지느러미조차
너의 시간은 역류하지 못한다.
힘을 다해 마지막 초음파를 쏘아올리고,
이제 나는 달려간다.

뭍이 다가오고 등에 새겨진 파도의 문장이

수면 위로 떠오를 때 울컥 토해낸 바다,

숨소리 잦아든다.

십의 배수

스물,
자다가도 킥킥 웃음이 났죠
얼굴에 벌레가 기어가는 기분이 들어요
어머니는 아이와 어른의 경계에
새 살이 돋는 것뿐이라고 하셨어요

서른,
통근 버스에 탈 때마다
나는 시계추처럼 흔들렸죠
서른인지 설움인지 헷갈려요
어머니는 어른과 어른의 간극을
메워야 할 때가 왔다고 하셨지요

두 가지 중 하나를 선택하렴
얼른얼른 어른이 되거나
아른아른 안개가 되거나

그럼 난 안개가 될래요, 어머니

시계추가 될래요

벌레가 될래요

그리하여 나는 간극이 되겠습니다

마흔 개의 얼굴과 마흔 개의 이름을 찾고 나면

크레바스 같은 나와 나 사이를 건널 수 있을까요?

그토록 마흔을 기다리는 까닭입니다.

쓰레기론(論)

쓰레기와 혼돈 사이의 틈을 밀착시키면
절묘한 데칼코마니의 무늬가 드러난다.
그 우연한 얼룩과 엇갈림은
팽창과 수축이라는 하나의 그림으로써
물컹한 질감을 가지고 있다.
절름발이 밥상, 우두커니 대문을 막고
염불처럼 그 집 부엌의 내력을 읊을 때면
꼬부라진 목을 상 위에 길게 내려놓는 노파.
부실한 밥상을 주워 들고 더듬더듬 달을 좇는
가파른 계단 아래론 가마솥만 한 그늘이 진다.
그늘로 끓인 시원한 국물
흐물흐물한 시래기 한 국자 건져 올릴 때면,
어떤 이의 삶은 침전된 건더기를 찾아
골목 깊숙이 단단한 쓰레기봉투를 찢고
쏟아지는 닭 뼈에서 살점을 바른다.
날카로운 공포가 손톱을 파고드는 찰나,
질끈 눈 감아버린 내면의 격렬한 정적.

혼돈과 상처의 틈을 살며시 떼어내면
재만 남은 어둠의 윤곽이 만져진다.

망종

망종 무렵의 보리처럼
쓰러지지 않기 위해
자신을 베어내야 하는 순간이 있다
한 번도 울지 않은 보리처럼 견디다가도
풀썩, 이대로 쓰러질 것만 같은 그런 날
매화가 열매 맺는 밤
풀빛으로 빛나는 반딧불이는
성충이 되기까지 여섯 번의 껍질을 벗고
사마귀는 톱니 같은 앞발로도 기도를 하는데
나무도 가끔은 푸른 울음을 터뜨려

내내 쏟아지던 햇살이 눈물겹던 오후,
더운 눈물을 닦아내다 참 억세게도 살았구나
망종을 넘긴 보리처럼 결국
억센 것들은 고꾸라지고 말지
헛헛한 웃음만 나와 애꿎은 손톱만
붉어지도록 물어뜯었다 살다 보면

낫을 들어 올려야 하는 날이 온다

위태로운 순간일수록 내게서 나를

깨끗이 베어내고 빈터로 돌아가야 할 때가.

남쪽 마을 보리 벤 밭엔 물 대는 소리 한창이다

몸짓처럼, 그렇게 봄짓처럼.

목련, 길을 묻다

폭설 같은 이별 통보
목련 가지가 휘어질 듯
겨울의 마침표를 견디고 있다.
하얗게 그늘지는 침묵 사이로
몇 개의 낱말들이
불투명한 파문을 일으킨다.
봄과 겨울의 행간에서 길을 잃은
계절은 뜻 모를 문장, 아직 꽃눈인
목련은 흐릿해지는 북녘을 향해
치기 어린 물음표를 찍는다.
마침표를 쉼표로 착각하며
계속 읽어 내려간 쇳빛 하늘
축축한 문맥을 점자처럼 더듬는 동안
혹한의 페이지는 넘어가고,
백지처럼 피어난 제 몸에
또박또박 겨울을 필사하는 저 목련
아득하게 눈 감고 담장 위를 점점점

행을 바꾸려다 그만 누락된 계절이,

담장 아래 어지럽게 흩어져 있다.

간고등어―4월의 바보 물고기

바다에선 누워본 적 없는 시퍼런 등이
죽음보다 낯선 잠 속으로 부풀어 오를 때
갈라진 생의 내부로 수평선을 넘고 싶던
꿈이 회칼처럼 선명해진다
푸름만을 숭배하는 그들의 제단은 아직
고등어 색으로 물드는 4월의 바다

지느러미는 주소지를 옮길 줄 모르고
수평선이 넘치도록,
등이 멍들도록 헤엄만 치다
푸른 것들끼리 만나 사랑을 했다

이제, 간잽이는 파도보다 빠른 손놀림으로
고등어의 꿈을 염장한다
시들지 않는 존재를 위한 장엄한 의식
냉동관을 실은 트럭이 아침 항구를 떠난다.

빗속에서 만난 섬

침묵으로 쌓여 있던 구름의 장벽이
삽시간에 무너져 내린다.
창 너머로 먹구름의 쇠락을 방관하는 동안
반쯤 남은 커피는 식어가고
손끝엔 비의 체온이 느껴진다.
말을 걸어오는 빗소리, 그리움을 닮은 헛소리
범람하는 기억 탓에 모든 배수구가 막혀
난 순식간에 길을 잃고, 부표처럼 떠오른다.
비의 압력을 견디기엔 아무런 힘도 없었고
그리움의 무게는 그보다 무거웠으나
그래서 더욱 쉽게 떠올랐을지 모를
가벼운 자아는 차라리 항해를 결심한다.
종이배가 되자,
험한 빗줄기를 거둬내며 뒤뚱뒤뚱
잃어버린 나의 섬으로 지금 간다.
말을 걸어오던 빗소리 쉿!
막혀 있던 배수구로 정체된 눈물이 빠져나간다.

해바라기에 세 들어 사는 여자

1625호에 사는 그녀는 누렇게 바랜 벽지를 바라보다
낡은 침대에 누워 베개에 묻은 적막을 들춰낸다
볼록, 솟아오르는 아픔을 가만히 누르자
힘없이 터져버린 흥건한 그림자
그녀는 서랍 속 작은 초 하나를 꺼내
눅눅한 고요를 말리기 시작한다
어둠의 귀퉁이에 성냥 머리만 한 빛이
깜빡거리고 따스해지는 방 한 칸
껍질 안의 세계가 전부여서
시커멓게 속만 태웠을 숱한 밤과
어두워서가 아닌,
나오지 못해 볼 수 없던 희망도
이제 낯익은 그늘을 놓아주고
고동치는 삶의 가장자리
짙은 문을 밀어내자 맞닥뜨린
자욱한 향기 사이로 햇무리가 진다
손만 뻗으면 닿을 수 있는 거리에

그토록 환한 꽃잎 피어나 있었다는 걸 알지 못해

그을린 천장만 바라보던, 검은 씨앗 속의 그 여자.

왈츠의 풍경

교회 종탑에서 울려 퍼지는 종소리가
물빛 하늘에 투명한 파문을 그리는 아침
갓 구워낸 빵 냄새가
구름 위로 나른하게 피어오르고
다정한 모녀의 뒷모습처럼
골목을 빠져나가는 두 대의 자전거
어렴풋이 담장을 넘는 아기의 울음소리에,
하품하며 돌아눕는 개 한 마리
제철 과일을 소복이 싣고 달려가는 트럭이
뿌연 먼지를 일으키며 길모퉁이를 돌면
나와 눈인사하는 꽃집 아저씨 곁에는
불타는 질투에 가시를 세우는 장미와
성일(聖日)을 묵상하는 백합 한 송이
동네 시장을 지나 놀이터에 갔을 때
플라타너스 나무 사이에 숨어 있던 새가
무심코 떨어트린 깃털 하나
잠든 듯, 깨어난 듯, 고요한 듯, 활기찬 듯

기분 좋은 혼란을 일으키는 일요일의 풍경이

왈츠를 청하며 내게 손을 내밀고 있다.

호버링*

　바다를 날다가 지치면 암컷이 수컷의 밑으로 들어가 업고 난다는 물총새의 전설을 들은 적 있지 암컷이 수컷에게, 반지 대신 받은 은빛 피라미 한 마리를 믿고 그 믿음이 물가 흙벼랑에 구멍을 파고 삼킨 물고기를 토해 둥지를 튼 것처럼 네 속을 동그랗게 파내고 들어가, 반짝이는 기억 몇 개 토해내고 나면 나도 네 안에 둥지를 틀 수 있는지

　물총새는, 하늘을 나는 날보다 물속에 총알처럼 박히기 위해 눈동자에 비늘이 생긴다는 말도 들은 것 같은데 곧 혹독한 계절이 올 거야. 너의 눈가에 몇 조각 투명한 비늘이 쏟아져 내리던 어떤 밤이 지나고, 가을 호반 물안개 사이로 구름의 파편처럼 허공에 박힌 채 날아오르지 않는 너의 그 눈부신 호버링, 호버링

　힘들다고 때론 그냥 힘이 든다고 말하기 전, 난 너의 밑으로 가만히 들어가 둥지가 되어준 적 있었는지 은빛 여명이

찾아올 무렵 넌 말간 물고기 한 마리를 물고 존재한 적 없는

둥지 안으로 더 깊숙이 파고든다.

* 호버링(hovering) : 공중 정지, 정지 비행(헬리콥터가 공중에 정지해
  있는 상태).

시(詩)답지 않은 시간

멍하고, 그래서 불안한 하루가
오래 입은 스웨터의 보풀처럼 일어나는
이 헛된 고요가 까칠하게 이어질 것 같은,
오지 않을 것 같은
결국 아무것도 남지 않는 것이
평화라는 것을 알 것만 같은
아는 척 덮어버린 철학 책 같은
시답지 않은 생각들이 털실처럼
유유히 편도체 주변을 자전(自轉)하는
따스하고, 섬뜩한 기분이 반복되는
실뭉당이처럼 단단한 나를
한 번쯤 풀어보고 싶은
어쩌면 끝내 풀지 못할 것 같은.

제4부

봄비

물기 많은 침엽수들이 거꾸로 자라는 이상한 계절
검은 구름에 뿌리를 둔 나무들의 변이를 목격하는 밤
잔인한 계절을 버티려면 조금은 상냥해질 필요가 있지
봄, 비— 하고 소리 내어 읽으면
비를 흠뻑 맞은 소녀가 어느새 곁에 앉아
흙냄새 묻은 손을 흔들며 단음의 노래를 부른다
이제 땅에 뿌리를 둔 나무들이 하늘을 향해 자라날 시간
어쩌면 내가 아무에게도 들키지 않고 사라질 차례
나무들은 환한 수액을 퍼 올리고
검은 젖꼭지를 깨무는 동안 내가 배웠던
뾰족하고 물컹한 어머니의 질감
놀이터에서 흙을 먹던 어린 날을 떠올리면
위장이 심장보다 언제나 먼저였지
공복을 외로움이라 믿는 가여운 식성
봄, 비— 하고 소리 내어 읽을 때마다
모래 속으로 사라지는 소녀
이번엔 내가 술래가 될 차례

빨래 건조기

빨래를 건조기에 밀어 넣는다
미처 마르지 못한 감정들은
시큼한 냄새가 싫어 서로를 외면해보지만
엉켜 있던 마음은 서서히 풀어져
좁은 방은 어느새 따스한 바람이 부는 언덕
풍성한 원을 그리며 도는 풍차 사이로
노랗게 춤추는 나비들과
푸른 나무 뒤로 하얗게 번지는 웃음소리
밤하늘엔 색색의 깃발들이 축제처럼 나부끼고
빨래들은 하나가 되어 노래를 부르고 몸을 흔들며
깊숙이 밴 슬픔 한 방울마저 털어버린다
회전목마처럼 다정하게 돌아가는 둥근 방
별빛이 하나둘 잊힐 즈음
다시금 열어본 둥근 방 안엔 서로를 끌어안은
그들이 뜨겁게 입 맞추고 있다.

장미의 무덤

꽃잎 속에 무수한 꽃잎을 감추어둔 장미처럼
서로를 파헤치고 싶은 욕망을 유발했던
첫사랑, 그 불온한 환상 속에 갇혀
우린 때로 눈이 멀었다

우리 사랑은 결코 시들지 않으리란
착각으로부터의 유혹
장미는 장미로서 영원하다고 했던가
사랑을 찾기 위해 사랑을 하는 행위
그러나 벗겨내고 파헤치다 해체된
장미의 몸— 끔찍했다, 청춘은.

냉장고 불법 점거 사건

냉장고 위엔 유행 지난 잡지처럼 쌓여 있는 접시들과 몇 달째 통 입을 열지 않는 고집쟁이 밥솥, 이 나간 컵에 꽂힌 젓가락들의 불법 점거로 소란이 끊이질 않았다. 냉장고는 머리만 무겁고 속은 텅 비어서, 구우—웅 간헐적으로 앓는 소릴 내고. 쓰린 속도 모르고 그 위에 드러누운 도마도 셀 수 없는 상처는 마찬가지.

하루가 멀다 플라스틱 국자와 주걱이 긁어대는 판에 머리가 지끈거리는 냉장고 또다시 끄응— 통증을 호소할 때, 지켜보던 반찬 통은 그만 뚜껑이 열리고 말았는데.

쉽게 끝날 것 같지 않은 분쟁. 근심이 깊어져 새벽에도 구웅— 냉장고 한숨 소리. 결국, 살림을 모조리 냉장고 안으로 이주시키기로 한다. 머리만 무겁고 속은 텅 비었던 냉장고는 속이 꽉 차서 좋고, 난민처럼 살던 물건들은 새 집을 얻게 되었으니. 그제 서야 냉장고는 알 수 없는 포만감에, 안도의 숨을 고르고 있다.

태풍 후(WHO)

가난한 자의 지붕이 날아간다
흙 한 줌 가지지 못한 가로수가 쓰러진다
꽃잎에 적바림해둔 햇살이 찢겨진다
뼈만 남은 우산이 의문처럼 남겨지고
나간 채 돌아오지 않는 전기를 기다리는
고요한 얼굴들이 깊은 아침에 잠겨 있다
한 계절의 배경을 할퀴고 지나간 자리엔
애증의 흔적들이 어지럽다 9시 뉴스에선
폐허가 된 쪽방촌의 근황을 전한다
폭우가 그치고 햇살은 부서지는데
어째서 마르지 않는가, 슬픔은
빗물처럼 가슴에 고여 있는
낡은 지붕의 환영 뒤로 인부들이
가로수를 일으켜 더 깊게 묻는다
사람들은 서로의 안부를 묻는다
쪽방촌 사람들은 날아가버린 지붕을
어떻게 고쳐야 하는지 묻는다.

깃발

내게 있어 흔들림은
삶을 일으키는 절대 방식
흔들림이 아니고서야 서술할 수 없는,
굴곡진 슬픔을 펼치는 것이다
생이 통째로 흔들릴 때야
반듯하게 열리는 해탈의 입구
세상에서 가장 무거운 존재는
언제나 자신이듯
스스로를 흔든다는 건
떨어져 나가지 않는 욕망의 응어리를
몸 밖으로 내던지는 과정이다
깃대에 목을 걸고
죽을 것처럼 살아내는 일이다
가만히 나를 풀어줄 때
모든 것들이 가장 선명해지는 그 순간,
삶의 밑바닥을 흔들어야만
보이는 것들이 있다.

어디선가 껍질의 노래

허연 껍질 하나
질퍽한 모래 속에 반쯤 잠겨 있다
이미 많은 것을 잃었으나
마지막까지 단단하고 싶었을 그 껍질

그러나 껍질은
텅 빈 눈동자로 밤길을 배회하는 창녀처럼
빨간색으로, 보라색으로 때론 싸구려 호텔 방에
알록달록한 벽지 무늬 등으로 날조되어
바닷가 상인의 선반 위에서 소라고둥과 함께 몸을 팔았다

낯선 집 처마 끝에 팔려 온 껍질은
바다의 방향을 가늠해보려 하지만
살점처럼 떨어져나간 기억의 일부조차
허공에 묶인 채 줄줄이 왜곡되어 흔들릴 뿐
이제는 바람만이 쓸쓸한 껍질의 울림을 듣고 있다.

시냇물 같은 사람

나는 바다 같은 사람보다는
시냇물 같은 사람이 좋다

그 깊이를 가늠할 수조차 없는
바다 같은 사람보다는

얕은 물이 쉼 없이 흐르며
그 안에 갖가지 모양의 돌을
제 몸처럼 안고 둥글게 세월을 먹는
시냇물 같은 사람이 더 좋다

시냇가에 심겨진 나무를 위해
기꺼이 자신을 내주고도
말간 웃음으로 잔잔히 흘러가는

비가 오면 빗물의 손을 잡고
기나긴 동행도 즐거움이라 노래하는

거친 파도도 풍랑도 모르고

조용히 인생을 유영하는 듯하지만

결코 주저하거나 멈추는 법이 없는

나는 그런

시냇물 같은 사람이고 싶다.

분기점의 그녀

(애야, 집에만 있지 말고 교차로 좀 뽑아 와라)

하는 수 없이 큰 길로 나가봅니다.
교차로가 다 뽑혀져 나갔습니다.
건너온 길을 다시 건널 수 없습니다.
횡단하지 못한 채 비껴 도착한 공원
노인이 깔고 앉은 신문에서
'월드비전'이라는 글자가 반짝입니다.
자리를 양보하라고 하니 노인은 화를 냅니다.
젊은이에게 비전보다 중요한 게
어디 있냐고 끈질기게 설득해봅니다.
간신히 얻은 자리가 참 따뜻합니다.
이력서를 들고 찾아간 곳에선
월드비전을 꿈꾸는 이들의 우렁찬 함성이
마치 내 것처럼 들려옵니다.
면접을 보자마자 내일부터 출근하랍니다.

(근데, 여기 다단계 회사는 아니지요?)

나의 질문에 그는 환하게 웃습니다.
괜한 오해를 했나 봅니다.

(하지만 일에도 다, 단계가 있는 게 아니겠어요)

그렇고말고요.
청춘의 신호등은 아직 빨간불입니다.

흔한 자국들

창문이 뿌옇다

며칠 새 비가 오더니

빗자국마다 상처다

오랫동안 닦아주지 못해 얼룩진 흔적들

난 그제야 부연 하늘 모서리를 더듬으며

아픔의 경로를 찾아 나선다

도시를 유랑하던 구름이 창밖을 지날 무렵

벚나무의 진통이 시작되고,

몇 번인가 폭풍처럼 울더니

아스팔트 위에 뽀얀 꽃잎 보들보들 낳았다

바람 타고 날아든 꽃잎 하나

창가에 안기어 다시 또 비가 내리고

빗물마다 꽃 자국, 창문이 환하다.

봄 바다를 봄

봄 바다를 걷다 보면 수평선은
신기루에 지나지 않는다는 걸 알게 되지
수평선은 가로누운 어머니
하늘이 색연필로 그어놓은 밑줄
어느 높이뛰기 선수가 놓친 장대,
한 권의 시집을 펼쳐놓은 채 잠이 들면
저녁 무렵엔 주홍빛 능소화가 가득한 담장
바다가 아무리 넓다 해도 여기에선 다 보여
수평선은 바다의 끝이 아니라
바다와 하늘의 데칼코마니
일 년 내내 마르지 않는 파란 물감
갈매기 떼 날아가는 방향으로
바다의 페이지를 넘기면
책갈피로 꽂아둔 그리움이 모래처럼 쏟아지고
네 발자국 오래전에 지워진 해변
봄 바다는 그저, 지독하게 널 닮은
신기루일 뿐이라는 걸 말이야.

동물과 인간이 병치된 비극적 간극을 엿보다

허 희

인간은 누구나 (   )다 . 빈칸 안에 들어갈 합당한 단어를 생각해본다. 거의 모든 동사와 형용사가 올 수 있겠지만, 긍정적인 술어보다는 부정적인 술어가 먼저 떠오른다. 인간은 누구나 사랑한다는 말은 이상적인 거짓 같고, 인간은 누구나 괴롭다는 말은 비관적인 진실처럼 들린다. 초라한 내 경우를 반영하여 빈칸을 채우고 보니 하나 마나 한 말을 한 것처럼 찜찜하다. 그렇지만 어쩔 수가 없다. 아무래도 시의 언어는 행복과 완성이 아닌 불행과 결핍에 어울리니까. 서사론에 가깝다고는 하나 『시학』(아리스토텔레스)의 주요 분석 대상도 두려움과 연민을 불러일으키는 비극이었다.

고대로부터 전래된 비극은 오늘날에도 다양한 방식으로 새롭게 쓰인다. 이제부터 그중에 한 가지 사례를 한 권의 시집을 통해 살펴보려고 한다. 향후 작업을 간명하게 요약하면 너와 나의 간극에 대한 고찰이 될 것이고, 단호하게 결론지으면 너와 나의 간극은 메울 수 없다는 체념이 될 것이다. 공백과 부재와 심연은 앞으로 읽을 비극의 키워드다. 본격적인 분석과 해석에 앞서 개요를 밝혀서 다소 맥이 빠졌을지도 모르겠다. 나름대로 의도한 이유는 있다.

이 글은 관계의 불가능성에 절망하는 것이 아니라 관계의 불가능성을 전제한 후, 관계의 거리를 탐구하는 데 목적을 둔다. 과연 이것은 좁혀질 수 있는가? 아니면 더 멀어질 수밖에 없는가? 동물과 인간이 병치된 세 편의 시로 세 개의 간극을 엿보기로 한다. 처음은 고래 이야기로 시작한다.

> 검은 타일이 모래사장처럼 깔려 있는
> 욕실에서 옷을 벗는다.
> 물이끼로 얼룩진 거울 속 검푸른 등
> 유난히 배만 하얀 나는
> 자라도, 자라도 언제까지나 너에겐 꼬마 향고래
> 잃어버린 미끈한 발을 욕조에 담그고
> 어느새 난 바다에 잠겨 있다. 눈썹 위로 비가 내리고
> 깊이를 알 수 없는 너에게로 가기 전 숨을 고른다.
> 어둑어둑 검어지는 천장엔 물병자리
> 눈물의 수압을 밀어내며 꼬리지느러미를
> 힘껏 펼치는 이유를 넌 아니,
> 텔레파시 같은 건 이제 말을 듣지 않아
> 난 길을 잃고 점점 얕아지는 물길조차
> 눈치채지 못한 채 믿었던 꼬리지느러미조차

너의 시간은 역류하지 못한다.
힘을 다해 마지막 초음파를 쏘아올리고,
이제 나는 달려간다.
뭍이 다가오고 등에 새겨진 파도의 문장이
수면 위로 떠오를 때 울컥 토해낸 바다,
숨소리 잦아든다.
　　　　　　　　　　　——「고래는 왜 강에서 죽었을까」 전문

　이 시집의 표제작에 담긴 비극성이 이 정도다. 나와 너의 은유인 고래와 바다의 거대한 규모는 인간의 협소한 범위를 벗어난다. 정서적인 크기를 물리적인 크기로 변환한 셈이다. 물론 양자가 동일한 위계를 갖는 것은 아니다. 바다처럼 "깊이를 알 수 없는 너"에게 화자인 나는 "꼬마 향고래"일 뿐이다. 무한한 너는 유한한 나를 압도한다. 이 시에서 나는 너를 찾아가고 있다고 하지만, 네가 바다이고 내가 고래인 한에서, 실은 성립될 수 없는 여정이다. 고래가 바다에서 살 수밖에 없듯이 나는 네 안에서만 존재할 수 있다.

　그런데 편안히 숨 쉬고 있을 때는 세상에 공기가 있음을 특별하게 여기지 않는 것처럼, 너와 언제나 함께 있는 현실을 나는 특별하게 의식하지 못한다. 시의 제목이 묻는다. 고래는 왜 강에서 죽었을까? 바다인 너의 덕분에 나는 살아가고 있는 것인데, "길을 잃고 점점 얕아지는 물길조차 눈치채지 못한 채"너를 찾으러 나는 강으로 간다. 온전한 너는 여기에 있는데, 그것을 인식하지 못한 내가 특정한 너에게로 가려고 애쓰다 죽게 되는 비극이다.

본래 하나였던 너와 나는 영영 이별하고 말았다. 자신이 한 선택과 행동이 스스로를 나락으로 내모는 이 시에는 독자로 하여금 두려움과 연민의 감각을 벼리게 하는 비극적인 서사가 내재해 있다. 고래가 강에서 죽은 까닭은 지금 자신이 하는 일이 무엇인지 알지 못한 결과다. 그러니까 이것은 처음에는 보이지 않다가 점점 커져, 결국에는 걷잡을 수 없이 벌어진 간극에 대한 시다. 중간은 달팽이 이야기로 이어진다.

한밤중 깨어나 오줌을 눌 때면 팬티 안에서 흘레를 마친 밀어들이 나른하게 흘러나온다. 식어버린 아랫배를 쓰다듬으면 스르륵 눈감아버리는 고독의 야경 어떤 날은 네가 그립다가도 버리거나 버려진 것들에선 왜 눅눅한 냄새가 나는지 우리의 이름이 오늘은 습하다.

습한 날이면 달팽이 한 마리 저 혼자 짝짓기를 한다. 외로워서 외롭지 않을 때까지 끈끈한 흔적을 남기며 쓸, 쓸, 내 오래된 풀숲에 가만히 손을 넣으면 정체성 잃은 연애에 몰두하는 달팽이의 사생활이 질펀하다. 두 개의 생식기를 만드는 난감한 실화, 반 토막뿐인 사랑은 싫었을 테지만 짝수의 환영들이 살다 간 찰나의 기억으로 홀수의 추운 성질을 버텨온 거겠지만.

젖은 것들끼리 모여 짝짓기를 하는 풀숲에는 돌연, 변이 (變異)를 탐닉하는 몹쓸 감정들이 무성하다. 짝짓기를 끝내고 알을 낳기 위해 기웃거리는 젖은 것들이 눈가로 모여든다.
아무에게도 들키지 않고 달팽이를 키우는 '혼자'라는 직업.
달팽이처럼 사랑한 지 오래다.

— 「난감한 실화」 전문

달팽이는 자웅동체인 연체동물이다. 수컷과 암컷의 생식기를
한 몸에 갖고 있는 달팽이를 두고 화자인 나는 "난감한 실화"라
고 쓴다. 한데 이 시의 제목이기도 한 이 명사구는 달팽이만 지
칭하지 않는다. 난감한 실화는 나를 포함한다는 점에서 중의적
이다. 두 가지 의미 중에서 먼저 달팽이부터 다시 본다. "습한
날이면 달팽이 한 마리 저 혼자 짝짓기를 한다."라는 구절에서
'짝짓기'는 생산을 위한 것이 아니다. 달팽이는 자웅동체지만
다른 달팽이가 있어야 교미하고 번식할 수 있기 때문이다.

그렇다면 달팽이는 자위하는 것인가? 과학적으로 포유류가
아닌 달팽이는 쾌락을 얻기 위한 자위를 못하지만, 시적으로는
"외로워서 외롭지 않을 때까지" 자위하지 못할 것도 없다. 달팽
이는 기어갈 때조차 "쓸, 쓸,"하다. 화자는 "정체성 잃은 연애에
몰두하는 달팽이의 사생활이 질펀하다."라고 했으나, 이보다 외
롭고 슬픈 자위를 찾기는 어려울 듯싶다. 달팽이가 자웅동체라
는 사실보다 더한 난감한 실화다.

다음은 제목의 두 가지 의미 중에서 인간인 나에 착목할 차례
다. "한밤중 깨어나 오줌을"누는 것으로 미루어보건대 나는 숙
면을 취하지 못하는 것 같다. 네가 없는 "고독의 야경" 탓으로,

나는 너의 부재를 고통스럽게 받아들이는 중이다. 1연을 변주해 서술해볼까. 우리는 헤어졌다. 버린 쪽과 버려진 쪽이 누구인지를 따지는 문제는 중요하지 않다. 다만 나는 이별을 견디며 어떤 날은 너를 그리워하고, 오늘은 눅눅한 냄새가 나기 시작한 우리의 습해진 이름─기억을 떠올린다.

이러한 날에는 "내 오래된 풀숲에 가만히 손을 넣"는다. 2연에서 달팽이와 나의 자위는 겹쳐진다. 양성인 달팽이와 달리 단성인 나의 자위는 불완전하지만, "짝수의 환영들이 살다 간 찰나의 기억으로 홀수의 추운 성질을 버텨"본다. 단수의 달팽이가 아니라 복수의 달팽이들이 벌이는 짝짓기는 생명을 잉태하여 알을 낳게 한다. 그렇다면 환영으로서만 너를 곁에 둘 수밖에 없는 혼자인 나는 무엇을 창조하는가?

부연할 필요도 없이 자위는 불모와 연관된다. 그러나 이 시에서는 물리적으로만 그러하고, 정서적으로는 그렇지 않다. 새롭게 탄생하는 것은 낯선 감정들이다. 나도 동참하고 있는, "젖은 것들끼리 모여 짝짓기를 하는 풀숲에는 돌연, 변이(變異)를 탐닉하는 몹쓸 감정들이 무성하다." '몹쓸 감정'이라고 언급되어 있지만, 곰곰 따져보면 악독하고 고약한 것만은 아니다. 이와 같은 과정을 거쳐 달팽이처럼 나는 너를 오래도록 사랑할 수 있다. 홀로 남겨졌으니 너를 잊겠다는 다짐보다 더한 난감한 실화다.

본래 하나인 줄 알았던 너와 나는 이별했으나 완전히 절연하지는 않았다. 끝내 나는 너를 놓지 못하고, 너는 붙들리

듯 나에게 남아 있는 이 시는 질척한 비극이다. 그리고 보면
깔끔한 사랑이라는 것이 있을 리 만무하다. 미적지근했다면
모를까, 열렬했다면 구질구질한 사랑으로 남는 것은 당연한
귀결이다. 그러니까 이것은 처음에는 보이지 않다가 점점
커졌으나, 결국에는 미봉된 간극에 대한 시다. 끝은 물총새
이야기로 마무리한다.

바다를 날다가 지치면 암컷이 수컷의 밑으로 들어가 업고
난다는 물총새의 전설을 들은 적 있지 암컷이 수컷에게, 반
지 대신 받은 은빛 피라미 한 마리를 믿고 그 믿음이 물가 흙
벼랑에 구멍을 파고 삼킨 물고기를 토해 둥지를 튼 것처럼
네 속을 동그랗게 파내고 들어가, 반짝이는 기억 몇 개 토해
내고 나면 나도 네 안에 둥지를 틀 수 있는지

물총새는, 하늘을 나는 날보다 물속에 총알처럼 박히기
위해 눈동자에 비늘이 생긴다는 말도 들은 것 같은데 곧 혹
독한 계절이 올 거야. 너의 눈가에 몇 조각 투명한 비늘이 쏟
아져 내리던 어떤 밤이 지나고, 가을 호반 물안개 사이로 구
름의 파편처럼 허공에 박힌 채 날아오르지 않는 너의 그 눈
부신 호버링, 호버링

힘들다고 때론 그냥 힘이 든다고 말하기 전, 난 너의 밑으
로 가만히 들어가 둥지가 되어준 적 있었는지 은빛 여명이
찾아올 무렵 넌 말간 물고기 한 마리를 물고 존재한 적 없는
둥지 안으로 더 깊숙이 파고든다.

　　　　　　　　　　　　　　　—「호버링(Hovering)」 전문

이 시의 제목인 '호버링'의 뜻은 '공중 정지(헬리콥터가 공중에 정지해 있는 상태)'라고 한다. 허공에서 제자리에 멈추어 있다고 해도, 그 상태를 유지하기 위해서는 끊임없이 날개를 퍼덕이지 않으면 안 된다. 그래서 "너의 그 눈부신 호버링, 호버링"은 빛나되 고되다. 상승하지도 하강하지도 않는 너의 움직임으로, 화자인 나와의 멀지도 가깝지도 않은 거리가 만들어진다. 이로 인해 나는 "네 안에 둥지를 틀 수 있는지"를 고민하게 된다. 아예 단절되어 있거나, 떼려야 뗄 수 없을 정도로 밀착해 있다면, 애당초 환기될 수조차 없는 물음이었으리라.

그렇다고 해서 이 시의 핵심이 "너의 밑으로 가만히 들어가 둥지가 되어준 적 있었는지"를 성찰하는 나의 태도에 있다는 것은 아니다. 3연의 "존재한 적 없는 둥지"라는 구절에 주목한다면, 너는 "더 깊숙이 파고든다"고 해도 그곳은 내가 조성한 둥지일 수는 없다. 너와 나의 완벽한 합일은 이루어지지 않는다. 하지만 이를 두고 마음을 졸이지 않아도 될 것 같다. 좋은 시일수록 안이한 해피엔딩을 경계하는 법이니까.

너와 내가 하나가 되어야만 행복해진다는 강박은 너와 나 사이에 일정한 거리를 두는 것을 용납하지 못하고, 서로 떨어져 있음을 심각한 불행으로 간주한다. 분리에 대한 불안은 결합에 대한 환상을 절대화하기 십상이다. 너와 내가 연결되어 있다는 느낌을 초월하여, 너와 나의 영역을 무화시키려고 할 때, 너와 나는 결코 우리가 될 수 없다는 비극을 맛보게 된다.

이들의 입장에서는 좌절할 수밖에 없는 경험이기에 비극이라고 표현하기는 했지만, 너와 내가 동일화되지 못하는 것은 예외가 없는 당위이므로 실상 비극이라고 보기 어렵다. 이 작품이 전하는 메시지는 너와 내가 형성하는 호버링 관계 그 자체다. 그러니까 이것은 처음부터 보였고 점점 원숙해지다가, 결국에는 자연스러운 소여로 인정하게 된 간극에 대한 시다.

　고래−달팽이−물총새로 연계된 동물과 인간의 비극론 세 편을 통해서, 관계의 불가능성을 부인하지 않되, 관계의 거리가 내포하는 유동성을 탐색했다. 나름대로 고심했으나 해명하지 못한 부분이 적지 않다. 가까워지려고 하면 멀어지고, 멀어지려고 하면 가까워지는 관계의 반동적 메커니즘을 비롯해 이 시집에 대한 풍부하고 정치한 접근이 더 많이 요청된다. 한 사람의 독자가 쓴 이 글은 시집이 가진 의미망의 극히 일부를 거론했을 뿐이다. 나머지 과제는 〈고래는 왜 강에서 죽었을까〉를 읽고 있는 또 다른 독자, 바로 당신에게 부탁한다.

許 熙 | 문학평론가